M⁰ Philoména Georgeault-Jouan

Le Castel de

Kercourtois

ou le Clerc amoureux

2ᵉ ÉDITION

—

1900

Le Castel de Kercourtois

DU MÊME AUTEUR

RÊVES, SOURIRES, LARMES (poésies, 1890) 1 volume.

L'ÉCRIN SCOLAIRE (poésies, 1897) id.

LE VIEUX JOB (poème, 1900) 1 brochure.

MAÏA, TROP TARD, A TOI ! LE FANTÔME DE LA RANCE, LA PROMENADE. Poèmes et nouvelles couronnés par l'Académie du Maine (médailles de vermeil).

LE BLÉ, LE ROSSIGNOL, PÉRINAÏC, ont obtenu des diplômes d'honneur aux grands concours de la « Revue Stéphanoise ».

CONTE DE NOEL, AMENDE HONORABLE, RÊVE SOMBRE, etc. Diplômes de médailles de bronze du « Luth Français ».

SONNET *A M. Sully-Prudhomme* classé dans les premiers au concours ouvert par la « Revue des Poètes ».

O TOI QUI SAIS AIMER, 3e prix de l' « Argus des Concours ».

ETUDES SUR LES LOCUTIONS VICIEUSES, 1er prix « Almanach Hachette ».

A UNE ANTIQUAIRE, 1er prix, médaille d'argent, grand modèle.

ALLÉGORIE, RECUEIL DE POÈMES, 2e prix, médaille argent, petit modèle, concours de l' « Echo des Jeunes ».

POÉSIES DIVERSES, médaille de bronze de la Société protectrice des animaux.

SONS LOINTAINS DES CLOCHES D'ARVOR, volume manuscrit.

UNE NOCE BRETONNE, opérette.

LE FILS DE LA POITRINAIRE, roman, prose, médaille d'or à l'Exposition littéraire de Lannion 1895.

ETC., ETC., ETC.

M⁰ *Philoména Georgeault-Jouan*

Le Castel de

Kercourtois

ou le Clerc amoureux

2ᵉ ÉDITION

1900

Le castel de Kercourtois

Je sais un château de Bretagne,
Un vrai manoir de l'ancien temps,
Assis au pied d'une montagne,
Bordé par de sombres étangs...

Dans les crevasses des tourelles
Les reptiles sont réunis ;
Et les sauvages crécerelles
Chaque printemps y font leurs nids.

Mais du fond des forêts voisines
Montent de si beaux chants d'oiseaux !
De si doux parfums de glycines
Embaument les sombres arceaux ;

Et l'héritière du domaine
Est si belle en son peignoir blanc :
Reine, la jeune châtelaine,
Chaste vierge au regard troublant...

Avec une indicible ivresse,
Assise à l'ombre d'un buisson,
Elle écoute la *pâtouresse*
Chanter sa dolente chanson.

Chanson de la bergère

Écoutez jeunes gens, et vous, bonne vieillesse,
Lan, là !
Vous entendrez un chant tout rempli de tendresse,
Landerida, lan, là !

Vous entendrez un chant, de tendresse rempli,
Lan, là !
Fait par un jeune clerc, un savant accompli,
Landerida, lan, là !

« Derrière chez mon père, une jeune mésange,
Lan, là !
Avait bâti son nid aux portes de la grange,
Landerida, lan, là !...

Aux portes de la grange avait bâti son nid,
Lan, là !
Et le couple s'aimait d'un amour infini...
Landerida, lan, là !...

Mais un jour l'oiseleur — oiseleur n'a pas d'âme —
Lan, là !
A pris le bien-aimé dans son filet infâme,
Landerida, lan, là !...

Dans son filet infâme il l'a pris, un beau soir,
　　　　Lan, là !
Pendant qu'il redisait au ciel son chant d'espoir,
　　　　Landerida, lan, là !...

Maintenant le doux nid doit rester triste et vide,
　　　　Lan, là !
Et plus je ne verrai la mésange timide,
　　　　Landerida, lan, là !...

Car l'oiselle timide a déserté le bois,
　　　　Lan, là !
Privant de ses chansons Reine de Kercourtois ;
　　　　Landerida, lan, là !...

ENVOI

Reine de Kercourtois, ma noble souveraine,
　　　　Lan, là !
Prends garde à l'oiseleur qui rôde dans la plaine,
　　　　Landerida, lan, là !

Dans la plaine je vois bien des lacets furtifs,
　　　　Lan, là !
Et que de pauvres cœurs y resteront captifs...
　　　　Landerida, lan, là !... »

Le revenant

Au fond de la forêt est la maison du garde,
Le bon Gildas Nézet ; tout vieillard se souvient
Que son père autrefois de page se fit barde :
Que Dieu l'ait en son ciel ! mais... on dit qu'il revient...

On l'a vu, tout en blanc, pendant la nuit profonde
Errer près du manoir et sangloter tout bas.
C'était bien le doux barde à chevelure blonde :
Tel encor qu'à vingt ans (un mort ne vieillit pas) !

Si sa venue allait être fatal présage...
Annoncer un malheur au digne châtelain,
Ou jeter mauvais sort à Reine belle et sage ?
— Dieu garde les seigneurs et frappe le vilain ! —

Que le fils de Gildas, Loïs, le clerc timide,
Se hâte d'être prêtre, afin de conjurer
L'esprit de son aïeul, s'il est vrai qu'il réside
En ces lieux, où l'on n'ose plus s'aventurer.

*
* *

Dans la grande salle d'armes du manoir, en présence de
Loïs Nézel qui est venu faire ses adieux avant d'entrer au
séminaire, le Seigneur montre à sa fille les portraits de
famille qui décorent la pièce.

Ces trente chevaliers sont tes aïeux, ma fille !
Tous ont couvert d'honneur le nom de Kercourtois.
Celui-ci décida la prise de Castille,
Cet autre combattit près de Gaston de Foix.

Ce jeune gentilhomme, au regard de madone,
A lui seul fit échec à six cents ennemis :
C'est René du Dresnay[1], vaillant de sa personne
Et bon autant que brave ; à Dieu seul fut soumis !

C'est encor lui qui dans la Ligue de Bretagne
S'unit avec ses gens au grand duc de Mercœur ;
Lui qui, pour exciter ces moutons de campagne,
S'ouvrit la veine au bras pour les croiser au cœur[2].

De même ces héros en costume de guerre
Ont droit à ton respect : honneur au sang breton !
Ma fille, souviens-toi des pères de ton père,
Sois de ces vaillants preux le digne rejeton....

[1] Voir les notes de la dernière page.

[2] Idem

Le Seigneur à Loïs

Qui ne descend de race a le droit d'être prêtre :
Du castel Kercourtois vous serez chapelain.
Adieu, mon jeune ami, vous reviendrez en maître ;
Le ministre de Dieu commande au châtelain.

Le clerc en soutane

Robe de deuil ! ô robe noire...
Cache le secret de mon cœur.
Sois la livrée expiatoire
Du pauvre serf, épris de gloire,
Que vient courber le sort moqueur !

O pudique robe de laine...
Grâce à toi je pourrai souffrir
Près de ma gente souveraine ;
Et peut-être que dame Reine
Pleurera de me voir mourir...

Peut-être même, sur ma tombe,
Viendra-t-elle prier un jour ;
Et puisqu'il faut que je succombe,
Au moins que ma blanche colombe
Daigne plaindre mon fol amour...

La veille de l'ordination

L'ABBÉ *dans sa cellule*

Miserere mei...

LE VENT

Pour bénir son hymen
Dame Reine t'attend... Elle accorde sa main
Au marquis Bodinio.

L'ABBÉ

Chère, ô chère adorée,
Attendez..... je suis faible ! et mon âme éplorée
A besoin de se faire à ses vœux éternels :
Je crains de conserver quelques désirs charnels.

La chanson de la pluie

Coulez, larmes, coulez encore
Sur les doux rêves trépassés ;
Coulez..... coulez jusqu'à l'aurore...
Pleurez la beauté qu'il adore,
Et le bonheur des fiancés !

O désespoir, ô vie amère,
O route longue à parcourir !
Que peut le Ciel à la prière
Du malheureux qui désespère,
Et qui ne saurait se guérir !

Reine, auprès d'une lampe blême,
Brode sa robe de satin...
Sous son voile et son diadème,
Au bras du chevalier qui l'aime
Qu'elle sera belle un matin.

Le mariage

Cinq mars, mil six cent vingt. Le manoir est en fête;
On célèbre l'hymen de Reine Kercourtois
Avec le marquis Jean Bodinio ; tout s'apprête,
Déjà dans l'aire neuve on entend les hautbois.

Le chapelain dans la sacristie

Ah ! que mon corps est faible et mon âme en démence.
Je me croyais plus fort ! Seigneur, pardonnez-moi...
Mes jambes fléchiront à sa seule présence ;
Je ne pourrai cacher mon trop poignant émoi !

Chanson de la cloche

Sur les tapis d'antique moire
Jetez, jetez de fraîches fleurs…
Et dans les chandeliers d'ivoire
Allumez, devant l'oratoire,
Les cierges aux pâles couleurs !

Brûlez, brûlez dans la chapelle
L'encens, emblème de l'amour !
Quand la mariée est si belle
Il n'est pas trop d'honneurs pour Elle :
Que l'air s'embaume en ce beau jour !

Le Chapelain

Au beffroi la cloche résonne :
Elle m'appelle… hélas ! hélas !…
Une autre cloche en mon cœur sonne,
A mon oreille elle bourdonne
Un son plus triste que le glas !

C'est le glas de mon espérance
… Car l'amour ne s'éteint jamais…
Dans ma naïve insouciance
Je l'avais cru, mais ma souffrance
Me fait sentir combien j'aimais !

Six mois après

Entendez-vous au bois vibrer le son du cor ?
C'est monsieur le marquis qui vient chasser encor.
Il chasse tous les jours : c'est le but de sa vie ;
Il n'a pas d'autre rêve, il n'a plus d'autre envie !

Et seule en son manoir Reine fixe le ciel
Et pleure bien souvent... triste lune de miel !

Cependant elle coud de blanches mousselines,
Et garnit un trousseau de légères Malines ;
Son pauvre cœur blessé revit de souvenir
Et se prend à rêver un meilleur avenir,
Car l'espoir vient dorer cette existence amère :
Encore quelques mois et Reine sera mère !

Être mère... ah ! qui sait le prix de ce bonheur ?
C'est le rempart d'airain qu'on dresse à la douleur,
Faculté sans égale accordée à la femme
De pouvoir animer une âme de son âme

*
* *

La cloche du beffroi très joyeuse a sonné
Pour annoncer aux serfs qu'un seigneur leur est né.

*
* *

Un mois après

Le jeune chapelain vers le soir agonise :
Il a demandé Reine, et la pâle marquise
Tient la main du mourant dans sa petite main,
Lui fait pour s'exprimer un effort surhumain.

J'aurais voulu parler, dit-il, mais que vous dire,
Je crois avoir enfin terminé mon martyre :
Reine, je vous aimais... Adieu ! souvenez-vous...
Et Reine auprès du mort longtemps pleure à genoux.

Le lendemain des funérailles
La vieille mère de l'abbé
Remit à Reine ses trouvailles :
Manuscrit au feu dérobé.

« Lisez — lui dit-elle — maîtresse,
C'est, je crois, un secret de cœur...
Car Loïs, aux jours de détresse,
Semblait y graver sa rancœur. »

Le journal de Loïs

Aujourd'hui cinq avril, dimanche,
J'ai rencontré dans la forêt
LA DEMOISELLE en robe blanche :
Qu'elle a de grâces et d'attrait !

Si j'étais tendre tourterelle
Je lui chantèrais nuit et jour ;
Au colombier de sa tourelle
J'irais vivre et mourir d'amour.

Si j'étais le zéphir volage
Je baiserais ses jolis yeux ;
Si j'étais verdoyant feuillage
J'ombrerais son front gracieux.

Ah ! si j'étais noble moi-même,
Je pourrais un jour, ô bonheur !
Murmurer ces doux mots : « Je t'aime !... »
A la fille de MON SEIGNEUR.

6 avril.

Je ne suis que le fils du garde...
Et j'ai pu juger cette nuit
Que je paierais cher ma mégarde ;
Quand l'amour naît le sommeil fuit...

. . . .
. . . .
. . . .

C'en est fait ! je quitte ce monde
Où je combats sans bouclier ;
Dans la solitude profonde
Je pourrai peut-être oublier...

Si malgré tout je me rappelle,
Même dans la paix des saints lieux,
J'aurai mon souvenir pour Elle
Comme on pense aux anges des cieux.

Le jour du mariage de Reine

Cinq mars mil six-cent-vingt : on danse,
On chante... on rit ! et moi tout seul,
Jouet de la désespérance,
Je mets mon bonheur au linceul...

A tous j'ai défendu ma porte :
Les pleurs coulent mieux sans témoins ;
Dans ces bruits que le vent m'apporte,
Si sa voix m'arrivait au moins !

Je crois la voir, douce et rieuse,
S'appuyer au bras de l'époux ;
Qu'elle ignore, l'insoucieuse,
Les souffrances d'un cœur jaloux....

Juillet 1620.

Je voudrais la fuir.... et sans cesse
Je me trouve sur son chemin !
Je maudis ma sotte faiblesse
Et retombe le lendemain....

Dans mes longues nuits d'insomnie,
Que n'égaie aucun songe heureux,
Je crois voir la femme bénie
Comme un fantôme vaporeux.

Octobre.

C'est trop souffrir : que Dieu m'entende ;
Le trépas seul peut me guérir.
Ma vie est peu... j'en fais offrande
A *Celle* qui me fait mourir.

Déjà la feuille du bois tombe :
Que d'amoureux s'envoleront !...
Cœurs incompris aiment la tombe ;
Au ciel les martyrs jouiront.

Le testament du Chapelain

Aveit me mam.

Me mamik keah, mar me haret,
A pe varwein ne ouilet ket.
Ne ouilet ket a pe varwein,
Met ol é guen guisket a n'ein.

Lakeit t'ein men aub kaer brodet
Mem boé douguet dé en euret,
Dé euret damzel er maner,
Ha dré é zorn brodet ker seler....

Reit ol me madeu d'en dut peur,
Ha partajet dehai me eur.
Plantet bokedeu ar me bé :
Bokedeu rosen karanté...

Bokedeu rosen ru a guen,
En æstig gannou ar voden ;
Madam er maner er hleuou,
Ha marcen é n'ein é chonjou...

Traduction

Pour ma mère

Si vous m'aimez, mère chérie,
Ne pleurez pas ma triste vie...
Constatez ma mort sans émoi,
Et tout de blanc habillez-moi.

Mettez-moi l'aube en fin ouvrage
Que je portais au mariage
De la fille du châtelain :
Chère aube que broda sa main !

Aux pauvres gueux dans la misère
Donnez ma richesse éphémère...
Sur mon tombeau mettez des fleurs :
Rosiers d'amour aux deux couleurs.

Rosiers aux fleurs rouges et blanches,
L'oiseau chantera sur leurs branches ;
Reine, en l'écoutant de sa tour,
Peut-être plaindra mon amour...

Notes et éclaircissements

En mai 1592, René du Dresnay, fils du manoir de Kercourtois, commandait les Ligueurs cornouaillais de l'armée de Mercœur. Au moment de partir, les soldats bretons demandaient en foule : « Où trouverons-nous du drap rouge pour nous croiser présentement ? » Le seigneur Kercourtois saisit son épée, s'ouvrit une veine au bras gauche, et, de son sang, traça une croix rouge sur son pourpoint blanc. Ensuite il croisa de même l'armée des Ligueurs.

En 1594, René du Dresnay défendit seul pendant une heure le pont de la Houssaie, près de Pontivy, attaqué par six à sept cents arquebusiers ennemis. Mais son cheval, s'étant pris un des pieds de derrière entre deux planches du pont, tomba sous lui ; un soldat ennemi accourut et traversa René de son épée. Il n'avait que vingt-deux ans. « Son corps fut transporté à Kemper et enterré aux Cordeliers avec une grande magnificence et beaucoup de pleurs, *car il estoit fort aimé de toutes sortes de genz.* »

(Historique).

Locmiquélie-Riantec, par Port-Louis (Morbihan).

Juillet 1900.